Micha Theis

Die sieben Reisen des Víctor Gascón

Micha Theis

Die sieben Reisen

des Víctor Gascón

Novelle

Impressum

Bibliografische Information der Deutschen Nationalbibliothek:
Die Deutsche Nationalbibliothek verzeichnet diese Publikation in der Deutschen
Nationalbibliografie; detaillierte bibliografische Daten sind im Internet über
http://dnb.dnb.de abrufbar.

Erstmals veröffentlicht 1995 bei Verlag Joachim Lösch Speyer

Herstellung und Verlag: BoD – Books on Demand, Norderstedt

ISBN: 9783758309588

Die erste Reise

Am siebenundzwanzigsten März des Jahres neunzehnhundertachtundachtzig steht Víctor um neun Uhr fünfundzwanzig vor der Tür des Reisebüros *Entalpía, Calle Hilarión Eslava* fünfzig. Das Reisebüro öffnet um neun Uhr dreißig, und Víctor mochte an diesem Montag, dem dritten April, der erste sein.

Er ist gespannt und aufgeregt, es ist die erste große Reise seines Lebens. Auch seine erste Reise über die Grenzen Spaniens hinaus (wenn man einmal von dem dreitägigen Ausflug nach Portugal absieht, vor über zehn Jahren). Die Reise wird sein eigenes Geschenk zu seinem demnächst anstehenden vierzigsten Geburtstag. Ein symbolischer Reifeschritt des Menschen und des Künstlers Víctor Gascón.

Künstler? Ja, Víctor ist Künstler! Er blickt auf über zwanzig Jahre *arte conceptual* zurück. Im Grunde ein echter Avantgardist … Und diese innere Verbindung von Kunstwerk und Seele, von Tun und Traum, von Außen und Innen hat das Projekt der Reise gezeugt.

Das war gestern gewesen. Sonntag. Gestern hat er sein Stauzimmer aufgeräumt. Besser gesagt er hat es von innen nach außen gestülpt und einmal die Unzahl von Objekten hervorgeholt, die sich seit Jahren im Stauzimmer angesammelt haben. Da fanden Sich Bügeleisen, Kaffeekannen, Metallreste aus einer Regalfabrik, Scherben, Rasiermesser, Schreibmaschinen, Spiegel, Kerzen, Plastikrollen, Bausteine, skurrile Werkzeuge … All diese Gegenstände hat er irgendwann einmal gefunden, für ästhetisch wertvoll befunden und in sein Stauzimmer verbracht, damit sie irgendwann einmal in irgendeinem Kunstwerk Verwendung fänden.

Diese Objekte inspirieren ihn zu den provozierendsten Anordnungen, und schon bei der Geste des Hervorholens, des Von-innen (sprich: Stauzimmer)-nach-außen (Arbeitszimmer)-Stülpens, ja besonders bei dieser Geste entstehen unglaubliche Metamorphosen, Kommunikationen, erotische Momente zwischen Gegenständen. Etwa alle drei Jahre praktiziert Víctor dieses Umstülpen.

Ein solcher Moment war das Zusammentreffen der großen Kaffeedose mit der kleinen Bonbondose gewesen. Die beiden Blechdosen waren gestern Nachmittag plötzlich aus ihrer verstaubten Vergessenheit im Stauzimmer hervorgetreten. Einen winzigen Augenblick lang waren sie aufgestört und hatten wie verschämt mitten im grellen Licht des Arbeitszimmers gelegen. Und dann hatte, im Nu, eine magische gegenseitige Anziehung begonnen, ein Spiel zarter Gesten, Symbole und Zeichen, ein Universum von Bedeutungen.

Die große Kaffeedose stammt wohl aus Deutschland. Víctor hat sie auf' dem Flohmarkt gefunden, und sie ist mindestens dreißig Jahre alt. Sie zeigt auf einem dunkelbraunen und gelben Feld einen stilisierten männlichen Araber- oder Beduinenkopf mit schwarzem Vollbart und einem weißen Turban, den Blick geradeaus und in die Ferne gerichtet. unteren Rand trägt sie die Aufschrift „Andaco Import- und

Handelsgesellschaft". Sie hat eine Höhe von fünfzig, eine Breite von dreißig und eine Tiefe von zwanzig Zentimetern.

Die Bonbon-, genauer: Halsbonbondose ist nur neun Zentimeter lang, sechs Zentimeter breit und zwei Zentimeter tief, also eine flache Dose. Sie zeigt auf dem Deckel, im Medaillon, einen Gaffelschoner aus dem neunzehnten Jahrhundert, in voller Fahrt, alle Segel gesetzt. Möven umkreisen den Großmast. Am rechten Dosenrand ist ein vollbärtiger alter Seebär abgebildet, mit schneeweißem Bart, Pfeife rauchend, den Blick geradeaus und in die Ferne gerichtet. In der linken oberen Ecke befindet sich ein Spruchband mit der Aufschrift *lofthouse's original* und darunter die Zeichnung eines modernen Fischkutters. im Himmel über ihm steht ebenfalls *lofthouse's original*. Und schließlich am unteren Rand der Dose die große Aufschrift *fisherman's friend*. Der farbliche Grundton ist gold.

Víctor hat gestern fast den ganzen Nachmittag im Angesicht dieser beiden Dosen und ihrer geheimnisvollen Kommunikation verbracht, vor ihnen auf dem Teppichboden liegend hatte er die Augen kaum abwenden können vom Blick der beiden geheimnisvollen Männer, einem Blick, der immerzu in die Ferne ging. Und so hat auch er diesen Fernblick, ja schon ein erstes Fernweh bekommen, eine Stimmung, die sich bis zum Abend immer mehr verstärkte und vollends in Melancholie überging, als er Debussys *La mer* auf seinem Plattenspieler hörte.

Der Entschluss, heute Morgen geradewegs zum Reisebüro zu gehen, war in der Nacht gefallen. Er hatte von einem Spaziergang am Meer geträumt, irgendwo an einer asiatischen Küste, an einem endlosen Strand, nur das Meer rollte ein ums andere Mal sanft heran und vor seinen Füßen aus. Dann war da ein Mensch aufgetaucht, zunächst als kleiner Punkt am Horizont, dann immer näher auf ihn zukommend. Und zuletzt hatte er vor ihm gestanden und er schien an ihm vorbeizugehen, stand aber auf einmal ganz dicht neben ihm und blickte mit ihm zusammen in die Ferne, aufs Meer hinaus, und sagte: „Wenn es so bleibt wie heute, dann können wir zufrieden sein."

Dann war er weitergegangen, dieser Mensch, und von hinten war es plötzlich kein Mann mehr, sondern eine Frau. Eine

Inselbewohnerin der Südsee? ... Irgendwo am Horizont verschwand sie wieder, so friedlich, wie sie gekommen war.

Um sieben war Víctor aufgewacht. Wie wenn er zur Arbeit hätte gehen müssen. Beim Kaffeeaufstellen hatte er den Entschluss gefasst, unverzüglich zum Reisebüro *Entalpía* in *Argüelles* zu gehen, als erstes und als erster, und noch diese Woche die Reise zu buchen. Für den Sommerurlaub. Jetzt hatte er Osterurlaub, und der kam wie gelegen, um alle organisatorischen Dinge zu erledigen, und er würde auch Zeit haben für ein erstes Werkprojekt ‚Innen und Außen' mit den beiden Dosen.

Der Titel hatte sich bei dem Umstülpungsakt am Wochenende geradezu aufgedrängt. Víctor würde das Thema mit Hilfe der beiden Dosen symbolisch herausarbeiten. Ein völlig kohärentes Projekt: durch die Koinzidenz von Umstülpungsakt, Innen- und Außenthematik, Auftauchen der beiden Dosen und ihrer beider Kommunikation.

Und ebenso kohärent hatte sich das Reiseprojekt ergeben, unwiderstehlich, aus dem inneren Zusammenhang von Umstülpungsakt, Kunstwerk, Traum in der Nacht und

Lebensmitte. Er musste also von innen nach außen kommen, den qualitativen Umschlag nachvollziehen, der sich schon in der Zahlensymbolik der Vierzig andeutete. Ein Umstülpen in die Welt hinaus, in die Ferne Asiens … exotische Menschen mit brauner Haut und – wer weiß, welchen Abenteuern!

Eine junge Frau mit schwarzem Käppchen geht an Víctor vorbei. Flüchtig nimmt er es wahr, auch ihre langen Beine und ihre bunte Strickjacke. Die Frau verschwindet im Haus mit der Nummer zweiundfünfzig. Kurze Zeit später wird die Tür vom Eingang Nummer fünfzig, Reisebüro *Entalpía*, von innen geöffnet. Víctor tritt ein, und es bedient ihn … die junge Frau mit dem Käppchen!

Víctor nimmt vor ihrem Schreibtisch Platz und nennt sein Anliegen.

Asien? Welches Asien? Südost, Nordost? Japan, China, Thailand? Víctor denkt an lange Strände. Bali? Sie geht zu einem anderen Tisch hinüber und kommt mit einem dicken bunten Prospekt zurück. Iberojet, Reise TH-10 nach Bangkok und Bali, das ist im Angebot. Siebzehn Tage, Flug, Hotel und spanischsprechende Führer für zweihundertsiebzigtausend Pesetas, Aufpreis für Einzelzimmer.

Teurer Spaß.

Die Kombination Bangkok-Bail ist gut, da liegt doch auch Singapur in der Nähe. Es gibt auch: Bangkok, Bali, Singapur, siebzehn Tage, zum gleichen Preis.

- *Buenos dias*, Elena.

Eine Mitarbeiterin des Reisebüros ist dazugekommen. Sie gibt Elena die Begrüßungs*besos* und setzt sich an einen Schreibtisch. Elena heißt sie. Schöner Name …

Víctor fühlt sich etwas unsicher. Er möchte den Prospekt doch lieber in aller Ruhe studieren, kann sich jetzt – *ad hoc* – nicht entscheiden. Zu viele Informationen auf einmal, zu direkt das Ganze … Er nimmt den Prospekt dann mit nach Hause. Natürlich, kein Problem, mein Herr.

Er erhebt sich, und Elena erhebt sich, und sie lächelt ihn an. Lächelt ihn an? Maske, professionelle Maske!

Er kommt sich etwas hilflos vor, also dann, auf Wiedersehen, ich komme morgen oder übermorgen wieder vorbei, dann können wir das festmachen.

Er biegt in die *Calle Donoso Cortés* ein und trinkt erst einmal einen Kaffee. *Café-Bar El Pirri.*

- Cortado, por favor.

Jede Menge Informationen. Erster Tag Flug von Madrid nach Bangkok, zweiter Tag Ankunft und Unterbringung in Bangkok, dritter bis achter Tag Aufenthalt in Bangkok in freier Gestaltung, neunter Tag Flug von Bangkok nach Bali, zehnter bis vierzehnter Tag Aufenthalt in Bali, der Führer empfiehlt die Tempel Tanah Lot und Besakih und die Zeremonien auf der Götterinsel. Fünfzehnter Tag Rückflug nach Bangkok, sechzehnter Tag Rückflug nach Madrid. Ankunft in Madrid am siebzehnten Tag. So also planen die. Eine Struktur könnte man das nennen.

Freie Tage heißt, er kann unternehmen, was er will, Bummel in den Straßen von Bangkok, Spaziergänge an Stränden. Er blättert ein paar Seiten zurück: Nützliche Informationen:

Einkäufe, Kleidung, Zeitdifferenz, Pass und Papiere, Nachtleben, Gastronomie, Sprache, Kleidung. Wir empfehlen Ihnen leichte Baumwollkleidung. Die Wintersaison, Bergregionen und die Klimaanlagen einiger Lokale erfordern Pullover. In einigen Restaurants und Nachtclubs wird Jackett verlangt. Voltzahl: 220 in Thailand, Bali und Singapur … Ein Photo zeigt eine strahlende, braungebrannte Europäerin im Bikini, sie stützt den linken Arm auf ein Fischerboot und hält eine kleine Kamera.

Víctor zahlt den Kaffee und geht über *Bravo Murillo* und *Santa Engracia* nach Hause. Erst mal einen klaren Kopf bekommen, in Ruhe den Prospekt anschauen, sich mit allen Details vertraut machen. Auch mit dem Gedanken an die hohen Kosten der Reise … Dabei gilt *Entalpía* als eines der günstigsten Reisebüros. Morgen wird gebucht!

Calle Virtudes fünfundzwanzig. Mit dem Fahrstuhl hinauf, Wohnungstür auf und … ab in den Sessel. Arme und Beine weggestreckt, tief durchatmen.

Noch einmal jetzt. Pattaya?! Wasserski, Windsurfen, Segeln, Fischen. Besonders bemerkenswert: das flimmernde

Nachtleben. Phuket: die größte Insel Thailands, Perle des Südens, eine Insel aus lauter Schönheit, Strand und Bergen. Die schönsten Strände heißen: Patong, Surin, Kata Yai, Karon. In Nai Yang findet man Riesenschildkröten, die in der Trockenzeit dort ihre Eier legen.

Víctor fühlt sich sehr außen im Moment. Besonders nach der Lektüre der für die Reise zu beachtenden Punkte wie Geldumtausch, Sprachen, Impfungen, Kleidung usw. Aber es ist nicht das Außen, das er sich vorgestellt hatte. Das Außen, das er sich vorgestellt hatte, ist ein ganz leichtes Außen, aus lauter ätherischen Strömungen: Bilder, Düfte, Farben, ein müheloses Schweben von Kontinent zu Kontinent und über den Kontinenten, so wie seine Arbeit am Kunstwerk, ein Betrachten mehr, bei dem die Materie durchlässig wird wie Luft, durchlässig für feinste Empfindungen.

Hier dagegen handelt es sich um grobe und gröbste Empfindungen, um Zahlen, Daten und Organisation – Temperaturwerte, Flugzeiten, Preise, alles viel zu hoch, zu groß, zu viele Nullen. Irgendwie undurchlässig, alles … unätherisch. Ein Massenartikel vom Supermarkt, ein

Stangenanzug vom Großkaufbaus statt dem Glücksfund auf dem Flohmarkt, dem einmaligen Exemplar, das zu seiner festgelegten Stunde mit seinem vorherbestimmten Finder zusammentreffen muss. Hier hingegen ist keine Einmaligkeit, keine Koinzidenz. Kurzum, kein Schicksal.

Das Außen, das sich Víctor gestern noch erträumt hatte, ist eigentlich kein vom Innen so sehr verschiedenes. Das Innen ist nun einmal sein Ort, und ihn will er auf keinen Fall verlassen. Die Blickrichtung soll bleiben: von innen nach außen. Was er sich erhofft, ist, die volle Breite des Außen kennenzulernen und nicht mehr nur Ausschnitte. Den Blick für das Ästhetische hat er natürllich: erworben, hart erarbeitet auch. Aber bisher eben auf Ausschnitte beschränkt, Übstücke, Details. Die zweite Lebenshälfte könnte nun im Zeichen der Horizontweite stehen, drei- oder vierdimensional ...

Aber diese Zahlen, die Temperatur- und Zeitunterschiede, diese asiatischen Krankheiten, Erreger, Viren, Keime, diese Organisation schon ... Sie verstellen den Blick, machen müde im Kopf und in den Gliedern. Das Atmen wird schwer schon beim Gedanken an die Luftfeuchtigkeit in Bangkok, an die

Bakterienlegionen auf jedem Salatblatt. Daher die scharfen Gewürze, natürlich. Und dann werden Zunge und Gaumen unempfindlich, der Magen wird angegriffen und zu einer Belastung, ständiger Durchfall hält dich tagelang damit beschäftigt, halbwegs saubere Toiletten zu finden. Weder Innen noch Außen ist das. Bürgerliche Sachorganisation, sonst nichts. Vertane Zeit das Ganze.

Welche Ruhe dagegen in Kaffee- und Halsbonbondose, *Andaco* und *fischerman's friend*. Und welche Dynamik ... etwa bei einem Abstand von einem Meter zwischen den beiden.

Nach einer halben Stunde des Betrachtens beschließt er, die kleine Dose in die große hineinzustellen. Sofort entsteht: eine irrsinnige Spannung! Von Innen und Außen. Verblüffender Kontrast zwischen einerseits räumlicher Trennung und andererseits Inkorporierung der kleinen in die große ... Eine kopernikanische Wende! Oder ein dialektisches Spiel – wer ist innen, wer ist außen? Der Raum, den die Kaffeedose innen ausspart, ist genauso das Außen – für sich wie für den Betrachter! – wie das Außen der Halsbonbondose, nämlich die Innenwände der Kaffeedose, ein Innen für die Halsbonbondose darstellen könnte. Perspektivenübung!

Die Dialektik setzt sich fort und verkompliziert sich mit dem Öffnen der Halsbonbondose im Innern der Kaffeedose. Doppeltes Innen, doppeltes Außen. Dann das Verrücken der kleinen Dose auf dem Boden der großen, zuerst einmal nacheinander in alle vier Ecken, dann wieder zum Zentrum hin. Dann die Halsbonbondose auf den Rücken, wobei die Bemalung beziehungsweise Beschriftung verschwindet, auf die Seite oder auf den Kopf ... Jede neue Stellung verändert die Kraftlinien im Innern der Kaffeedose.

Schließlich die Beschriftung und die Abbildungen! Das Fischerboot schwimmt auf dem Ozean, und dieser Ozean hält sich als Punkt quasi selbst, völlig frei, im Innern einer Kaffeedose. Ein Kaffeeuniversum, das den Ozean umschließt. Der einsame Fischkutter, der das Überleben einer kleinen Gemeinschaft sichert. *Fischerman's friend* im Bauch der *Andaco* Import- und Handelsgesellschaft, Fraß für die gefräßigen Schlünde der Großen ... Multis ... Weltregierung ... *big brother* ... Der Deckel der Kaffeedose kann jederzeit zuklappen, vorübergehend oder für immer ... ewige Finsternis, der Verlust des Innern ... des Innen!

Víctors Herz steht eindeutig auf Seiten von *fisherman's friend* und *lofthouse's original*. Das kleine gepflegte Detail, der Stil im Ausdruck des pfeifenrauchenden Seemannes, wärmende Öfen, Kachelöfen, Mövenschwärme, von Generation zu Generation weitergegebenes Lebensgefühl des Küstenmenschen ...

Als er aufwacht, ist es vierzehn Uhr. Das Summen einer Fliege, direkt über seinem Kopf. Er verspürt Hunger und geht in die *Jamonería* hinunter, Ecke *Calle Ponzano*, um ein Sandwich zu essen. Im Fernseher läuft eine Sendung über die Perestroika in Moskau, und der Kellner, der ihn immer Don Quijote nennt, vermutlich wegen seines langen hageren Gesichts und seines Kinnbarts, krächzt: „Ein Sandwich mit Schinken und Käse."

Den Nachmittag verbringt er mit Aufräumen des Arbeitszimmers, das heißt er stellt verschiedene Objekte um, immer mit einem Blick auf die beiden Dosen in der Mitte. Die Energie muss aus der Umgebung weggenommen werden, damit sich alle Energie des Raumes auf die beiden Dosen konzentrieren kann. Schon eine Stehlampe kann durch die gebietende Aufrechte eine solche Kraft entwickeln, dass Objekte auf dem Boden unter Energieschwund leiden. Also weg mit ihr!

Am Abend hört er sich mit Kopfhörer Präludium und Fuge in c-Moll von Bach an und liest ein paar Seiten Jorge Luis Borges. Víctor schläft seit einiger Zeit nur noch auf dem Sofa, einmal, weil er das Bett abgebaut hat, um Platz zu gewinnen, nachdem er schon die Trennwand zwischen Schlaf- und Arbeitszimmer entfernt hat; es gibt also gar kein Schlafzimmer mehr. Zum anderen, um näher bei seinem jeweiligen Werk zu sein, das heißt bei den Gegenständen, die sich da vor ihm auf dem Teppichboden ausbreiten. So schläft er praktisch ein im Angesicht seines Werkes.

Die Bambuskajüte ächzt und quietscht und wiegt sich mit den Wellen des Bangkok-Rivers. Das Bambusbett biegt sich unter seinem Gewicht, und im letzten Augenblick kann er sich zur Seite rollen, da gibt der Boden allerdings auch nach. Von unten pikst ihn etwas in den Po, er fährt auf, gerade noch rechtzeitig, denn schon klappt das Bett unter ihm auf. Eine Falle!

Jetzt bleibt er in Kauerstellung in einer Ecke sitzen, dem einzigen tragfähigen Punkt in dieser Kabine, in der alles aus federleichtem Bambus zu bestehen scheint. Der Raum wirkt hell und geschmackvoll dekoriert, aber befremdlich, alles aus hauchdünnem zerbrechlichem Material. Und darunter lauern Wasserschlangen und anderes glitschiges Getier, das nur darauf wartet, nach ihm zu schnappen.

Er ist einfach zu schwer, er wiegt viel zu viel für diese Welt, er wird die ganze Nacht wachen müssen, um nicht irgendwann einzubrechen.

Er wacht auf, schweißgebadet. Alles in Ordnung, das Sofa, sein Arbeitszimmer, der Teppichboden, das Projekt. Er atmet tief durch. Dann legt er sich – vorsichtig – auf die Seite.

Leichtes und Schweres … Er ist einfach zu schwer für Asien, das ist es! Er braucht festere Erde unter sich.

Die zweite Reise

Um neun Uhr dreißig ist er wieder in *Hilarón Eslava* fünfzig. Diesmal sind Leute vor ihm, eine jüngere und eine ältere Frau, die offenbar zusammengehören, und ein Mann um die dreißig. Die Frau am zweiten Schreibtisch winkt herüber, sie möchte ihn bedienen, die drei Leute vor ihm warten wohl auf irgend etwas anderes. Er zieht aber Elena vor, sie kennt ihn von gestern, und er kennt sie. Da gibt es schon eine Vertrauensbasis.

Beim Warten fällt sein Blick auf eine meterhohe Puppe aus der Türkei, ein türkischer Pascha soll das sein, und eine aus Afrika, ein Häuptling wohl. Fotoposter aus verschiedenen Ländern des Südens, ein Kaktus, ein mannshoher Papyrus.

Elena trägt heute ein rotes Barett und einen engen, schwarzen Rock, verschiedene Ohrringe, und einen verführerischen Ausschnitt.

- Guten Morgen. Na, haben Sie sich entschieden?

- Ja. Das heißt, ich möchte doch lieber nicht nach Thailand. Es ist mir zu ... zuviel ... ich meine, ich suche doch etwas Näheres, Zugänglicheres. Haben Sie UdSSR, Moskau, Leningrad?

- Da hätte ich ein Fünfzehn-Tage-Programm für Sie. Kiew, Leningrad, Nowgorod, Moskau für zweihunderttausend Pesetas.

Kommt auch etwas billiger als die Thailand-Sache ...

Elena überreicht ihm lächelnd den Euro-Tour-Katalog mit allen Informationen. Ebenso lächelnd nimmt ihn Víctor entgegen, verabschiedet sich, geht hinaus und wieder hinüber zu *El Pirri*, auf einen *café cortado*.

Erster, zweiter und dritter Tag, Flug nach Kiew mit Zwischenstation in Prag. Dort Besichtigung des Hradschin, der Sankt-Veits-Kathedrale, der Karlsbrücke, des Rathausplatzes. Spaziergang im Judenviertel mit Synagoge und Friedhof. In Kiew Panoramablick über die Stadt und den majestätischen Dnjepr. Vom Sankt-Vladimirshügel zur Sankt-

Sofia-Kathedrale aus dem elften Jahrhundert, berühmt für ihre vergoldeten Kuppeln und ihre herrlichen Fresken.

Am fünften Tag Bootsfahrt auf dem Dnjepr und Besuch der Laura-Kievo-Pecherskay, Zentrum des alten, orthodoxen Russlands. Am sechsten Tag Flug nach Leningrad. Am siebten Tag Stadtrundfahrt …

Dreizehnter Tag, Besuch des Kriegsmuseums, der Allunionsausstellung und des Kosmos-Pavillons. Leninberge, Roter Platz, Kreml, Lenin-Mausoleum.

Vierzehnter und fünfzehnter Tag, Rückflug nach Madrid via Prag.

Er nippt an seinem *cortado*, schüttet noch einmal Zucker nach, rührt ganz lange und nimmt dann einen ersten vorsichtigen Schluck aus der kleinen Tasse. Das will erst einmal verdaut sein! Víctor hat jetzt ein Gefühl der Völle im Magen, vor lauter Kathedralen und Kremls. Er setzt sich auf dem Barhocker zurecht. Gemütlich hier bei *El Pirri*, klein, überschaubar, kleine Theke, Sitzbänke im Rund, große Fensterscheibe, durch die der Blick auf die *Calle Donoso Cortés* fällt, die wiederum schnurstracks zu seiner Wohnung führt. Er zahlt und geht langsam die *Calle Donoso Cortés* hinauf, schnurstracks zu seiner Wohnung. Ordnung im Kopf. Hier ist der Bäcker, da ist *Granja Sanz*, wo er die Milch kauft, gegenüber die *Borrachería*. Dann um die Ecke, vorbei an Pacos Blechnerei, am Hausmeister von Nummer vierundzwanzig, die Nummer fünfundzwanzig, der Aufzug, fünfter Stock, Tür zu und ab in den Sessel.

Er döst eine Weile vor sich hin, wie apathisch, der Magen und der Kopf schwer von Kathedralen, Palästen, Museen, Festungen. Wie Blei zieht es ihn nach unten. Leichtes und Schweres.

Leicht fühlt Víctor sich in seinem Viertel, der *Calle Virtudes*, *Calle Santa Engracia, Mercado de Chamberí, José Abascal, Cea Bermudez* ... und in der Wohnung, in der er sein ganzes Leben verbracht hat. Sie gehört seinen Eltern, die sind aber vor über zehn Jahren aufs Land gezogen, nach Villalba, und haben ihm die Wohnung überlassen. Hier, zwischen Arbeitszimmer, Stauzimmer, Küche und Bad fühlt er sich leicht. Die Reise sollte etwas Leichtes sein, etwas Federleichtes, etwas

Schwereloses ... Im Prinzip ist Russland ja nicht besonders leicht. Schwere Flüsse, schwere Wälder, schwere Erde, regenschwere Schollen im Herbst, Eisschollen im Winter ... auch Leichtes: die Balaleikas, Schneegestöber, Sonnenblumen, Sonnenglanz auf den vergoldeten Kirchtürmen ...

Aber dann diese grauen Kreml-Mauern, diese Lenin-Denkmäler ... sehr schwer!

Leicht ist dagegen die kompakte Organisation der Reise, er könnte sich bequem herumfahren lassen. Da liegt aber auch wieder die Schwere: die Fülle der Besichtigungen, kein Platz für ausgedehnte Spaziergänge, fürs Betrachten und Meditieren ....

Er vertieft sich ein wenig in die Photos der vergoldeten Zwiebeltürme, der Paradesoldaten und der leergefegten Prunkalleen im Herzen großräumiger Stadtzentren. Eine Sehnsucht ergreift ihn wieder. Madrid ist so eng, und so hektisch ... Dagegen die Weite Russlands ... Leichte oder Schwere?

Wenn man die Thematik einmal im Lichte zweier unterschiedlich großer, bemalter Dosen betrachtet, *fisherman's friend* etwa als Madrid und *Andaco* als Russland, so ergeben sich auch hier deutliche Widersprüche der Wahrnehmung. Madrid – und dabei schiebt sein rechter Fuß die kleine Dose bis unmittelbar an die große heran, ganz langsam, so kann er jede Veränderung in der Balance von Leichtem und Schwerem verfolgen – hat durchaus Gewicht: gerade die enge Bemalung und Beschriftung im Vergleich zu der flächigeren der Kaffeedose, die arabeskenhaft ausgefüllten Zwischenräume und Randstreifen, sie vermitteln einen Eindruck von Kulturdichte und Gewicht, kurz: von Europa, auf kleinstem Raum, konzentriert, ein Eindruck, der bei der *Andaco*-Dose auch bei bestem Willen nicht aufkommen mag. Diese verbreitet Oberfläche, Ausdehnung ... türkisch-osmanisches oder zaristisch-russisch-orthodoxes Großreich, umspannend zwar, aber innen hohl. Zu leicht befunden.

In völligem Sinnwiderspruch dazu steht selbstverständlich die Tatsache, daß a) Russland ein Land der Teetrinker ist und keinesfalls des Kaffees, b) Spanien dagegen Kaffeeland *par excellence* und c) letzteres ganz besonders im arabisch-andalusischen Element (obwohl Arabien Tee trinkt). Und im Übrigen würde das *fisherman's-friend*-Panorama – graue See, grauer Himmel – ebenso gut zur Ostsee passen wie zur spanischen Atlantikküste. Und die englische Beschriftung passt zu keinem der beiden Länder.

Grosso modo entsteht aus der augenscheinlichen Umkehrung von Werten folgendes Spannungsverhältnis: hier die spanische Welt, andalusisch-kaffeetrinkend, habsburgisch-schwer bis schwermütig, inquisitorisch und unbeweglich; da das Russland Peters des Großen, anglo- und germanophil, seefahrend auf der Ostsee, handeltreibend im Norden und: teetrinkend.

Kaffeedose gegen Halsbonbondose oder Halsbonbondose gegen Kaffeedose … ?

Völlig unabhängig von der kulturästhetischen Sicht ergeben sich interessante Perspektiven auch aus einem einfachen physikalischen Experiment. Víctor lehnt die *Andaco*-Kaffeedose in einem Winkel von etwa sechzig Grad gegen eine Ecke der Halsbonbondose. Der Effekt ist unerhört:

seelenruhig erträgt die David-Dose das Gewicht der Goliath-Dose. Eine ans Stoische grenzende innere Ruhe verbreitet sich aus dieser Skulptur, sie demonstriert die Hilflosigkeit der Masse, die Überlegenheit des sich selbst Vertrauenden.

Allerdings legt auch *Andaco* durchaus eigene Werte in die Waagschale: zum Beispiel eine überraschend tänzelnde Leichtigkeit des Leibesfülligen, die unverbrauchte, schlummernde, aber stets mobilisierbare Dynamik des Großreichs, welches selbst demütigende Siege des Winzlings gutmütig zu ertragen vermag. Das letzte Wort haben eben doch Hohe Pforte, Kreml, Weißes Haus ... und nicht Paris, Madrid oder Wien.

Am Nachmittag muss er noch einmal außer Haus, etwas zu essen einkaufen, der Kühlschrank ist so gut wie leer. Er möchte sich die Beine vertreten und nimmt die Treppe. Vierter Stock, die alte Frau aus der Wohnung hinten links bewegt sich wieder einmal auf dem Flur auf und ab, wohl die einzige Bewegungsmöglichkeit, die sie hat. Aus dem Haus kommt sie nie.

- *Buenas tardes, señora.*

- *Buenas tardes, hijo.* Ja, ja, du kannst noch laufen.

Im dritten kommt ihm eine Fünfzehn- oder Sechzehnjährige entgegen, die vor einem Jahr noch wie ein Kind war. Jetzt hat sie das Haar kurzgeschnitten, betont die kleinen Spitzen unterm Hemd so weit wie irgend möglich und blickt so hintergründig-frech, wie es alle ihre Freundinnen tun.

- *Hola.* Wie geht's?

- *Hola.* Danke gut.

Diese jungen Dinger …

Dann ein *hola* für die weißhaarige alte Frau im Erdgeschoß, die mit der dicken Brille, die gleich vor der Treppe wohnt, gegenüber von der Hausmeisterin. Die ist auch immer fröhlich. Dabei hat sie die ungemütlichste Wohnung im ganzen Haus. Die Hausmeisterin sitzt mit ihrem Enkel vorm Fernseher. Aufpassen auf der Straße, überall liegt Hundekot, könnten sich auch mal was einfallen lassen dagegen. Links jetzt die *Calle Morejón* runter, um nicht an der staubigen Baustelle vorbeizumüssen, dann in *Alonso Cano* bis zur Markthalle.

Russland wäre jetzt schon ganz recht … Tschaikowsky-Land … Aber doch irgendwo schwer, jedenfalls nicht so leicht, wie es sein sollte … so unverrückbar, massiv, Kremlmauer, Nowgorod … am leichtesten sind da noch die Zwiebeltürme …

Gewimmel in der Markthalle. Zuerst mal zum Käsestand, Glück, keiner steht an. Ein Stück *mantecoso* bitte, ja so … sechshundert Pesetas, hier bitte. Zum Gemüsestand. *Hola*, Pedro. Zwiebeltürme … Zwiebeln … acht Zwiebeln, ja ja, acht, was sonst noch … Blumenkohl, 'nen halben, Möhren, Gurken, Endiviensalat. Das macht? Siebenhundert. Hier. Ach ja, Obst. Gib mir noch ein Kilo *Reineta*-Äpfel und ein Kilo Apfelsinen, von denen da. Nochmal vierhundert. Okay. Tschüs.

Der Eierverkäufer mit seinen stinkigen, dreckigen Eiern, aber immer freundlich, na ja, weiß warum. So, nach Hause jetzt.

Von weitem winkt Phil, der Engländer. Hat sich wieder mal 'ne Glatze geschoren. Gut, schau mal vorbei. Seltsamer Mief wie immer in Phils Wohnung. Was kleckst er schon wieder rum, ein Selbstporträt heute. Möchtegern-van-Gogh.

- Bier, Víctor?

Als ob er nicht wüsste, dass Víctor kein Bier trinkt und überhaupt keinen Alkohol.

Was er von dem Bild halte? Was soll man denn davon halten? Reine Privatsymbolik, wie immer bei ihm, alles soll so oder so sein, ist es aber immer nur für ihn. Gute Miene zum bösen Spiel machen … Sprechen wir über etwas anderes.

- Fährst du weg im Sommer?

- Ja, nach Indien, wenn's geht. Für ein halbes Jahr dann, oder ein oder zwei Jahre.

- Was willst du denn dort?

- Wegen der Philosophie. Gibt's 'ne Menge zu lernen. Batterien aufladen. Vielleicht einen Container mit Klamotten mitbringen und hier verkaufen.

Verrückte Ideen hat der Kerl, irgendwie unheimlich.

- Und du?

- Möchte auch verreisen. Bin aber noch unschlüssig wohin.

- Indien, Víctor, Indien. Ideal für deine Kunstprojekte. Du solltest eintauchen in die östliche Weisheit, meditieren am Strand ... bei Sonnenaufgang.

Meditieren kann man doch überall! Zuviel europäische Arroganz, Phil, immer Willensmensch, wohl Nietzsche gelesen, aggressive Haltung, erobern statt erkennen.

- Tschüs, bis dann, Phil. Wir können ja mal wieder zur *borrachería* gehen.

- Tschüs Víctor. Mach mal wieder ein schönes Kunstwerk.

Ironiker, blöder.

Zwei schwere Limousinen fahren rechts und links vor, KGB-Leute. Sie zerren ihn aus dem Taxi heraus und in eine der Limousinen hinein. Der Fahrer gibt Vollgas, nun geht es in Richtung Nowgorod. Am Kreml vorbei, eisige Blicke seiner

Bewacher unter den tief in die Stirn gezogenen Hüten. Die vergoldeten Zwiebeltürme wenden sich ab, ebenso eisig. Sie wollen nichts gesehen haben. In der Vorstadt dreht der Fahrer dann auf, hundert, hundertzwanzig, Reifen quietschen, dann wird die Tür aufgerissen. Sie wollen ihn rauswerfen und von der nachfolgenden zweiten Limousine überrollen lassen! Um Himmels Willen, er ist unschuldig, er hat doch nichts getan. Grimmige Blicke. Ein Stoß und schon hängt er außen an der Tür, hält sich eben noch am Rahmen fest. Der Gorilla mit dem Trenchcoat schlägt ihm aufs Handgelenk, aaaah … Entsetzliche Qualen. Der rechte Arm muss wohl ab sein oder zerquetscht, auch das linke Bein, oder … ? Er tastet sich den Arm ab … ist noch dran. Er drückt auf den Lichtschalter … schweißgebadet wacht er auf.

Die dritte Reise

- Nein, also ich möchte nicht in die Sowjetunion, auf gar keinen Fall. Ich habe mir das alles noch einmal durch den Kopf gehen lassen. Es kommt nicht in Frage.

- Ja, an was dachten Sie denn?

- Vielleicht etwas Näheres, nicht so weit.

- Wie wäre es mit Italien? Elf Tage Nizza, italienische Riviera, Venedig, Florenz, Assisi, Rom und Pisa. Alles zusammen für einhundertvierzigtausend Pesetas.

- Ja, eigentlich …

- Ich hole Ihnen mal den Katalog.

Sie geht wieder rüber zum Katalogregal. Heute trägt sie Blue Jeans mit Fransenstreifen, ein Sevillanastuch um die Schultern und … schwarzes Haar!? Unmöglich, sie ist doch … Sie hat sich das Haar gefärbt! Und dazu ein giftgrünes Barett. Was die wohl über ihn denkt. Schon der zweite Kurswechsel!

In *El Pirri* ist heute überhaupt nichts los. Er bestellt ausnahmsweise einen *café con leche*, wegen dem Italienprospekt. *Cappuccino* geht nicht in Madrid.

Erster Tag also Nizza. Ankunft mit dem Flugzeug und Weiterfahrt nach Italien mit Reisebus. Dritter Tag Mailand, Domplatz, und weiter nach Venedig. Vierter Tag, nach dem Frühstück, Besichtigung der *Piazza San Marco* und der Kathedrale, Rialto-Brücke, Kunsthandwerk in Glas. Nachmittags Fahrt nach Florenz.

Fünfter Tag, Florenz, Wiege des *Rinascimiento*. Nachmittags frei

Sechster Tag, nachmittags Abfahrt nach Siena, kurzer Aufenthalt, dann nach Assisi.

Siebter Tag, nach dem Frühstück, Stadtrundfahrt: Basilika, Franziskus-Grab. Weiter nach Rom. Nachmittags: Petersdom, Vatikan, *Piazza di Venezia*, Kolosseum, Forum Romanum, Titus-Bogen, weitere Kirchen …

Achter Tag …

Elfter Tag, Rückkehr nach Madrid.

Der Schaum bildet einen flockigen Bart am Innenrand der braunen Tasse. Genießerisch gießt er zwei Päckchen Zucker hinein und rührt ganz langsam und bedächtig um. Er hat genau das richtige Gefühl im Magen, die richtige Leichte und jenes Außen, das doch das Innen bleibt. *Tour Visa*: hervorragend.

In die *Calle Donoso Cortes* hinein scheint die Morgensonne. Solche herrlichen Straßen mit solch einer herrlichen Sonne dürfte es auch in Rom, Florenz und Pisa geben. Beruhigend. Das schafft Vertrautheit. Leichtigkeit. Ein romanisches Land! Vorteil der Sprache, des Essens, des Klimas … die ganze Kultur. Leonardo da Vinci, Michelangelo, Raffael. Giganten! Monteverdi! Gemeinsamer romanischer Ursprung – *Roma*. *Mare nostrum*. Überlegenheit. Da ist es wieder, das Großreich.

Dekadent allerdings in der Endphase. Exemplarisch sowohl in seiner Größe wie in seiner Dekadenz. *Hispania*, ein Ableger?

Peripherie? Auf alle Fälle die blühendste aller Provinzen, die reichste. Substanzträger!

Und der *Sigle de Oro*? *Carlos V, Felipe II*, die Entdeckung und Eroberung Amerikas? Das spanische Großreich, in dem die Sonne nie untergeht. Auch eine Realität. Aber von kurzer Dauer, kraftlos auf die Dauer, mörderisch in seiner Zeit, im Innern – gegen Mauren, Juden, gegen das eigene Volk – wie im Äußern … Pizarro, Herzog von Alba. Unfähigkeit zur Anpassung und Erneuerung. Genau das hingegen leistet Italien … immer erfinderisch und originell die Italiener.

Stärke und Schwäche also. Gestern Abend hat er noch das Oben und Unten durchgearbeitet. Halsbonbon oben und Kaffee unten, eine Dose auf der anderen. Jetzt ist deutlich geworden, dass die tiefere Struktur Stärke und Schwäche heißt.

Die Stärke von *lofthouse's original* liegt in der spielerischen Leichtigkeit, mit der sie die Position wechselt, ohne den *lofthouse*-Charakter dabei auch nur einen Augenblick lang aufzugeben. Ein Versuch bestätigt, dass sowohl in der Position *Andaco*-Dose unten *lofthouse*-Dose oben als auch bei genauer Inversion *Andaco* immer den unbeweglichen Goliath herauskehrt und *fisherman* immer das Spielerisch-Tänzelnde. Selbst in der angelehnten Position, und zwar völlig unabhängig davon, wer sich an wen anlehnt, bewahrt *fisherman's friend* seine Überlegenheit.

Die Beweglichkeit als Seinsform schlechthin der Halsbonbondose geht indes vielleicht auch aus den Abbildungen deutlicher hervor als aus dem Format. Das bewegte Meer um den Schoner mit dem Möwenschwarm um die Mastspitze sowie der zerrissene Himmel symbolisieren unübersehbar den unruhigen Europäer, den in die Welt und in ihr hin- und hergeworfenen modernen Menschen, verurteilt zur Bewegung, zum Suchen, und letzthin zur – absurden – Sisyphusarbeit. Der sphinxhafte *Andaco*-Araber setzt dem die Schicksalsgläubigkeit der den Götterwillen in sich verschließenden und ihn selber verkörpernden Pyramide entgegen. Die Masse. So ist jeder der beiden Gegenspieler befähigt, durch einen leichten Perspektivenschwenk beim Betrachter aus einer Position extremer Schwäche in die der Stärke, ja der drückendsten Überlegenheit zu wechseln.

Die hermeneutische Pointe liegt nun in der Genussqualität beider Produkte. Der *Andaco*-Araber wirbt für Kaffee: Stimulans, Lebenselixier, Luxusalimentum, Lebensverfeinerung. Der *fisherman* wirbt für Halsbonbons: Reinigung der Atemwege, Vorbeugung und Bekämpfung von Halserkrankungen, Beseitigung von Mundgeruch. Die Gegenbilanz lautet: Karies, Verkindlichung des seefahrenden Mannes, Verweichlichung, Dekadenzware einer überanfällig gewordenen Spezies. Auf der Kaffeeseite: Nervengift, Blutdruckerhöher, Dekadenzsymbol, Verspießerung.

An dieser Stelle wird jede Zuordnung denkbar. Die hermeneutische Dynamik wird schon durch das antagonistische Prinzip auf Touren gebracht. Die eschatologische – oder auch therapeutische – Nähe von Stärke und Schwäche … Sollte im Unendlichen der Gegensatz sich aufheben, beide sich als reinsubjektive Seiten ein und derselben Idee erweisen …?

Langsam drängt sich die Frage nach der Realisierbarkeit dieser Installation etwa in Form einer Ausstellung auf. Wie lassen sich drei so fundamentale Aspekte wir Innen und Außen,

Leichtes und Schweres, Stärke und Schwäche in ein und derselben Objektkonstellation adäquat wiedergeben? Liegt die Lösung vielleicht in einer beweglichen Anordnung, einem Planetarium vergleichbar … *Andaco*-Dose und Halsbonbondose würden dann von unsichtbaren Drähten oder Fäden in jeweils neue Positionen geführt. Die Alternative dazu wäre eine feste Anordnung und offener Text. Denkbar wäre eine Art Titel- und Textfindungsaktion mit Publikumsbeteiligung, wo in der Aktion erst das Kunstwerk entsteht und die beiden Dosen das äußere Argument bilden, als *setting* oder als Auslöser.

Es ist Abend geworden, und er verspürt Lust, noch einmal auf die Straße zu gehen, die Beine vertreten. Die Treppe herauf kommt Andrés, Zigarette rauchend und eine Illustrierte unterm Arm. Ob Víctor auf einen Moment mit in seine Wohnung komme. Gut. Andrés erwartet Clara, seine neue Freundin.

- Was macht eigentlich Marta?

Lange nichts von ihr gehört. Schlecht geht's ihr. Dieselben Probleme wie vorher. Mit dem neuen Freund gibt's genau dieselben Probleme wie mit ihm. Eifersucht. Zuerst er eifersüchtig, vor drei Monaten, dann sie auf ihn, jetzt, wo die beiden ein Paar sind. Scheint übrigens auch nicht ganz stabil zu sein, der Typ. Immer die Nase voll Kokain und so. Naja, diese Clique eben.

Er hat keine Lust mehr auf Anrufe von Marta. Sie ruft nur an, wenn's ihr schlecht geht, weint sich dann bei ihm aus, wenn's ihr gutgeht, ruft sie nicht an, wie gehabt. Sie sucht immer ihren Vater. Soll ihr alle Probleme lösen. Infantil sei sie. Sagt der Psychologe.

Ob er noch an ihr hängt? Irgendwo schon. Fühlt sich aber betrogen. Um seine Ideale betrogen. Hatte sich was anderes vorgestellt, als sie heirateten. Zusammenstehen, das Beste draus machen, gute und schlechte Zeiten gemeinsam. Und dann das. Nur Klagen, Eifersüchteleien. Vorwürfe.

Vielleicht auch die Klassenarroganz. Sie mit ihren reichen Eltern aus Zaragoza; Papi kauft ihr den Wagen, bezahlt die Hochzeit, spendiert Flüge … Und er – nichts, armer Schlucker aus Galizien, Eltern lange tot, musste alles alleine machen. Er war es aber, der die Kohle ranschaffte … und abends studierte, um noch 'ne Perspektive zu haben. War wohl zu langweilig für sie, dieses Leben. Dabei hat sie noch nie etwas durchgehalten, Studium nicht, Ehe nicht, Job nicht … Klar, jetzt hängt sie wieder durch. Die größte Tat ihres Lebens hat sie vollbracht, die Scheidung; jetzt kommt der Katzenjammer, das Nichts … Ach, sie soll ihn doch mal!

Víctor kennt die Geschichte. In- und auswendig, Wort für Wort. Seit sechs Monaten. Wenn sie morgens zusammen zur Arbeit gehen, wenn sie abends in der *borrachería* sind. Immer dieselbe Platte. Beziehungsprobleme … immer dasselbe.

Víctor hat keine Beziehungsprobleme.

Im Strandbad an der Riviera. Er wohnt bei einer entfernten Verwandten, in ihrer alten Villa, hat dort ein kleines Zimmer. Sie hat die anderen Zimmer zusammen mit den Zwillingen. Heute Abend gibt es eine Einladung. Geburtstagsfest?

Gäste kommen, und die Zwillinge sitzen in der Ecke, die eine blond, die andere schwarz, beide mit tiefem Ausschnitt. Ständig schauen sie zu ihm herüber. Gäste stoßen mit Sektgläsern an, überall schwere Wandteppiche, Gemälde, schwere, schwüle Luft im Raum, es wird getanzt, die Gäste schwitzen.

Die Zwillinge sind etwas näher gerückt zu ihm, sie kichern. Wegen ihm? Er macht keinen besonders glücklichen Eindruck auf diesem Fest ... Die Hausbesitzerin führt die Zwillinge ins Nebenzimmer, er soll mitkommen. Was gibt es denn? Sie schließt die Tür hinter ihnen, er soll sich zwischen die Zwillinge setzen, er soll sie trösten, sie seien etwas krank, apathisch, eine Erbkrankheit, der Tod ihrer Eltern ... Er solle sie ruhig streicheln, das sei gut für sie ... Sie setzt sich in eine Ecke und beschäftigt sich mit einer Handarbeit, während er zuerst die eine der beiden ... und dann die andere ...

Schweißausbruch. Er richtet sich auf ... knipst das Licht an, nichts, alles in Ordnung, Kaffeedose, Halsbonbondose, Reiseprojekt Italien!

Er hat Angst vor solchen Träumen, will nicht mehr da hineingezogen werden. Die Zwillinge erinnern ihn an Claudia, der Gesichtsausdruck, die weiche Haut … Nein, mein Gott, nicht mehr zurück, nicht mehr das … Zehn Jahre sind seitdem vergangen. Er will seine Ruhe haben!

Die vierte Reise

- Sie wollen doch gar nicht nach Italien!

- Woher wissen Sie das?

- Nun ja …

Sie macht sich also schon über ihn lustig. Aber was soll es, sie kann ihm doch gleichgültig sein. Jedenfalls auf gar keinen Fall Italien, diese Zwillingsschwestern! Italien wäre eine Falle. Das Haus im Seebad … die Zwillinge …

Auf zum Erzfeind. Paris.

- Haben Sie ein Angebot für Paris?

Natürlich hat sie. Während sie aufsteht und zum Prospekte-Schrank geht, bemerkt er, dass sie heute die Haare toupiert trägt und vorne in die Stirn fallend. Dazu ein keckes blaues Hütchen, wie ein kleiner Zylinderhut, auf dem Hinterkopf —

warum fällt es eigentlich nicht runter? Hals und Schultern sind ganz frei, schwarzes T-Shirt, enge schwarze Jeans.

Café cortado im *EI Pirri*. Rechts und links schubsen sich Leute an der Theke. Das Paris-Heft ist zum Glück nur eine schmale Broschüre, für sie ist gerade noch Platz auf der Theke. Welch ein Stadtplan! In das Metronetz passt Madrid ja dreimal hinein. Sieben Tage fünfzigtausend Pesetas mit Einzelzimmer.

Erster Tag, Madrid-Bordeaux. Zweiter Tag, Weiterfahrt nach Angoulême, von dort von Loire-Schloss zu Loire-Schloss.

Abends Ankunft in Paris. Dritter Tag, Auswahlprogramme: Triumphbogen, Champs-Elysées, Place de Ja Concorde, Tuilerien, Oper, Seine-Inseln, Notre-Dame, Quartier Latin, Sorbonne, Jardin du Luxembourg, Pigalle, Montmartre, Sacré-Coeur, Eiffelturm.

Vierter Tag, frei. Angebot: Versailles.

Fünfter Tag, frei. Sechster Tag, Rückfahrt über Chartres und Tours nach Bordeaux. Siebter Tag, Bordeaux-Madrid.

Er kippt den *cortado* auf einen Schluck hinunter, zahlt und verlässt das heute ungemütlich überfüllte Café.

Es ist Donnerstag geworden, und die Thematik vom Vortag, Stärke und Schwäche, scheint sich als dominante und endgültige Gestalt zu konturieren. Auch das rein technische Problem lässt sich lösen – etwa in Form der am Vortag konzipierten variierenden Anordnung.

Dieses Unwiderstehliche der Zwillinge ... War nicht das Haus im Seebad eigentlich ein ... Bordell? Und die Gäste waren ... Dann hatte er also ... in seiner eigenen Verwandtschaft! Sie hatten ihn eingeladen, und er hatte nicht einmal gemerkt, dass sie ein Bordell betrieben ... Die Alte war ... und die Zwillinge, die völlig apathischen, sie ... standen vielleicht unter Drogen, ja ganz sicher, sie wurden wie Tiere gehalten, im Käfig, unter Drogen gesetzt, einzig und allein, um ... Und er hatte da auch noch mitgemacht, hatte sich einspannen lassen; Spaß hatte es ihm gemacht!

Er fühlt sich weich in den Knien und flau im Magen. Er spürt jetzt den Kaffee unangenehm stark, der Kopf glüht, und die Hände schwitzen. Er schleppt sich zur Wohnung zurück, lässt sich in den Sessel sinken, dämmert eine Weile vor sich hin.

Sein rechter Fuß stößt an die Kaffeedose, das Blech tönt. Er fährt auf. Raus mit der *fisherman*-Dose, raus aus der Kaffeedose, obszöne Stellung … Er postiert die Halsbonbondose etwa zwei Meter weit weg und betrachtet die neue Anordnung. Sie wirkt jetzt beruhigend. Kühle Distanz. Bloß kein Kontakt. Ist Nähe besser oder Ferne? Im Moment ist Ferne angenehm. Nähe ist kompromittierend, sie provoziert.

Er macht einen Annäherungsversuch von *Andaco* zu *fisherman*. Unproblematisch. Und umgekehrt? Halt, stopp, Ampel auf Rot! So geht's nicht, da werden zu viele Emotionen wach …

Also besteht eine einseitige Beeinflussung durch die kleine, verzierte, bunt bemalte Halsbonbondose. Diese labyrinthhaften Arabesken vielleicht? Oder die prallen Segel? Die handliche Form, die in die flache Hand passt, Manipulierbarkeit suggerierend? … Teuflische Macht!

Seltsam, in dem Moment, wo *Andaco* aktiv wird und auf *lofthouse* zugeht, passiert … nichts. Plumpe Unschuldigkeit. Umgekehrt, sobald sich *lofthouse* auch nur rührt, fließt Energie, und die Luft zittert. Sie auch nur einen Zentimeter in Richtung auf *Andaco* zu bewegen, würde ein emotionales Erdbeben auslösen.

Gegen Mittag versucht er eine zweite Annäherung von *lofthouse* zu *Andaco*, diesmal mit etwas mehr Erfolg. Bei etwa zwanzig Zentimetern Abstand scheint die ideale Nähe zu liegen. Weniger bedeutet Verlust an Kontrolle und Angstgefühle, mehr bedeutet Verlassenheit, Einsamkeit. Jetzt geht auch von *Andaco* ein Energiestrom aus, *Andaco* besitzt also ebenfalls die Fähigkeit zur Manipulation – durch Veränderung der Distanz!

*Andaco*s patriarchische Größe, seine gebietenden Farbtöne, braun, weiß und gelb, sie erzeugen Macht!

Könnte nicht das eigentliche, das genuine Thema … Nähe und Ferne heißen? Als begriffliches Substrat aller anderen Begriffspaare, Innen-Außen, Leichtes-Schweres, Stärke-Schwäche …

Liegt nicht in Paris die ideale Entfernung für Víctors Reiseprojekt? Die Probleme sind möglicherweise daher gekommen, dass er noch nicht den richtigen Abstand gefunden hat. Bangkok, Bali, Moskau, Rom … immer zu weit! Er überprüft seine Magengegend – der Gedanke an Paris löst keinerlei Schwereempfindungen aus, kein falsches Außen, keine Schwäche … Also, Grundoperation Nummer eins: Abstand messen! Ausprobieren von Distanzen, Grob- und Feinjustieren sämtlicher Handlungen in Funktion von Ferne und Nähe der beteiligten Elemente zueinander!

Phil hat das Chaos um sich herum ausgebreitet. Zwischen mehreren van-Gogh-Büchern, dem Telefon, überbordenden Aschenbechern, Zigaretten-Packungen, Kleidungsstücken, Notizzetteln findet sich kaum noch ein Platz zum Hinsetzen. Er kommt mit zwei Tassen und einer vollen Teekanne.

- Erkennst du die Symbolik?

- Wo?

Phil zeigt auf eine Ecke des Zimmers. Um ein offenbar von ihm gemaltes Frauenbildnis herum hängen, teils am Rahmen, teils an Nägeln in der Wand: eine Rasierklinge, eine Fahrkarte, ein Halstuch, ein Zettel mit der Aufschrift: *out of the mainstream*; ein paar zerlöcherte Schuhe stehen auf dem Boden, ein Zettel mit der Aufschrift *suicide* hängt mit einer Stecknadel am Sofa ...

- Siehst du das Ohr?

Das Ohr der Frau ist tatsächlich verbunden, genau wie bei van Goghs Selbstporträt.

Alles passe zusammen. Heute morgen habe er das Porträt gemalt, von seiner Freundin Cristina; sie habe ihm eine Fahrkarte nach Irland gezeigt, Cork, er habe den Entschluss gefasst, nicht Selbstmord zu begehen, sondern mit seinen Malsachen nach Cork aufzubrechen, zu Fuß, daher die löchrigen Schuhe; *out of the mainstream* sei sowohl seine als auch van Goghs Grundbefindlichkeit.

Auch van Gogh habe nur symbolisch leben und arbeiten können, zwanghaft das Trauma seines totgeborenen, älteren

Bruders verarbeitend. Das Trauma seines – Vincents – Ersatzlebens, als Ersatz-Vincent für einen, der an seiner Stelle eigentlich hätte leben sollen. Ein Double, identitätslos, Kuckucksei, illegitim … Daher ständig am Rande des Wahnsinns, Schizophrenie, doppelte Identität … oder gar keine. Konsequenz: Suizid.

Ständige Wanderschaft, rast- und ruhelos, keine Heimat, kein Platz für ihn, nur geduldet. Sich sein Wohnrecht verdienen müssen, als Helfer, dann Priester unter den Ärmsten, nur hier akzeptiert, nur hier Liebe möglich. Auch hier zuletzt Scheitern. Ablehnung in der Liebe und trotz Liebe kein Recht auf Geliebtwerden …

Liebessehnsucht in die Farben projiziert. Die Kunst letztlich als sein Platz, hart erarbeitet natürlich und damit legitimiert. Aber authentische Teilhabe an der Schöpfung, an Schönheit und Glück … Nur hier Liebe und Geliebtwerden … Versöhnung mit den Brüdern, dem totgeborenen älteren, fehlerlosen, weil nie als Mensch (verletzbar, verletzend und unvollkommen) realisiert, und dem nachgeborenen jüngeren, dem an Vincents Leiden zerbrochenen. Versöhnung und Erlösung von der Schuld … im Werk!

Phil wirkt jetzt gelöst. Er streicht sich über den kahlgeschorenen Schädel, gießt Tee nach, zündet sieb eine Zigarette an. Braucht er seine – Víctors – Anwesenheit oder die Anwesenheit eines x-beliebigen anderen Menschen, um sich für seine scharfsinnigen Analysen applaudieren zu lassen? Víctor verspürt Befremden, er fühlt sich unwohl in der Publikumsrolle. Er versteht Phil nicht: warum der Umweg über van Gogh? Meint Phil den Vergleich wirklich ernst, fühlt er sich als Außenseiter, als illegitim … hat er da noch ungeklärte Familienprobleme … oder leidet er darunter, als Ausländer hier zu leben? Das alles interessiert doch niemanden. Jedenfalls ihn interessiert es nicht. Phils ständiges Dramatisieren und Theoretisieren … Dann seine Ticks, Reise nach Indien!

Und die eigene Reise, nach Paris?! Zu diesen Franzosen, mit ihrem Getue! Wollen immer ein Stück gebildeter, verfeinerter sein als die anderen … Paris, schönste Stadt der Welt und so, Versailles, Loire-Schlösser. Diese Eitelkeit! Das Ganze muss noch einmal in Ruhe überschlafen werden! Spanien ist doch einfach bescheidener und natürlicher als dieses Frankreich ...

Spaziergang am Loire-Ufer. Es ist früher Abend, angenehm nach der Mittagshitze.

Ein kleiner Weg durchs Unterholz. Keine Menschenseele. Doch, ein Junge kommt mit einem Hund entgegen und einem ... einem Wildschwein! Offenbar gezähmt, das Biest. Man grüßt sich, Víctor biegt ab, direkt zum Flussufer runter.

- Emilie, hört er es rufen. Es ist der Junge.

- Emilie, bleib hier, Emilie, komm her! Er geht weiter, hört die Bienen summen.

- Emilie!

Trabgeräusche hinter ihm. Nichts zu sehen, doch jetzt. Es ist das Wildschwein. Es biegt ebenfalls in den kleinen Uferweg ein, es kommt direkt auf ihn zu, fast lautlos, aber die Beine werfend, den Rüssel gestreckt … und direkt auf ihn zu!

Schreck in der Kehle. Er fängt an zu laufen, der Abstand wird aber immer geringer. Er läuft schneller, der Abstand wird weiterhin geringer, er läuft so schnell er kann, schafft es, sich ein wenig abzusetzen, verflixter Weg … wohin? Er schlägt Haken wie ein Hase, das Wildschwein aber auch. Es kann das sogar noch besser als er, es kommt immer näher, berührt ihn jetzt beinahe mit dem Rüssel. Panik … der lange, haarige Rüssel, die Zähne darunter; auf einen Baum hinauf? Erst mal einen finden, und so niedrig sind keine Äste … Da, ein Zaun, eine Wildschonung. Er klettert in Windeseile über den Drahtzaun, verletzt sich dabei an der Hand, der Zaun gibt nach, mit letzter Kraft kann er sich auf die andere Seite fallen lassen. Das Wildschwein läuft stampfend am Zaun auf und ab.

Víctor erwacht durch sein eigenes Herzrasen. Die Brust schmerzt, das Kissen ist nassgeschwitzt.

Die fünfte Reise

Um halb neun trifft er Elena auf der Straße vor dem Reisebüro. Sie trägt ein überlanges, braunes Jackett mit riesigen Knöpfen, das Haar ist mit Gel nach hinten gekämmt, eine grüne Strähne zeichnet sich an beiden Schläfen ab, und um die Augen liegt eine dicke Schicht Schminke. Sie trägt heute wieder ein grünes Barett.

Sie sagt gar nichts, lächelt ihn nur freundlich an. Hat sie sich darauf eingestellt, dass er jetzt offenbar jeden Morgen vorbeikommt?

Sie wirkt verständnisvoll, sehr erwachsen – im Grunde mag Víctor diesen Frauentyp gar nicht. Aber da ist noch etwas anderes ... Ist es der Mund? ... Die glatte hohe Stirn? Der herzliche Blick?

- Ich glaube, ich habe das Richtige für Sie! Sie wollen doch eigentlich gar nicht unbedingt ins Ausland, oder täusche ich mich da? Warum bleiben Sie nicht in

Spanien und nehmen den Zug, das wäre das Bequemste. Was sehr gut ankommt bei unseren Kunden ist die Andalusien-Rundfahrt mit *Pullmantours* über Mérida nach Sevilla, Córdoba, Granada, Málaga. Das Ganze für hundertundfünftausend Pesetas. Vollpension inklusive.

Beschämend, wie sicher sie seine Wünsche erkannt hat. Er möchte tatsächlich am liebsten gemütlich in gerader Linie einen Ort anfahren, anschauen, träumen, und insgesamt etwa vier, fünf Tage lang. Das genügt voll und ganz.

-   Kennen Sie Andalusien?

-   Nein, noch nicht.

-   Ich kenne es auch nicht. Aber ich hätte riesige Lust auf diese Tour. Einmal die Alhambra sehen ...

Dabei schaut sie verträumt über ihn hinweg. Eine ganz neue Seite an ihr?! Bisher hatte sie nur Daten und Preise erwähnt. Er ist verlegen und würde gerne etwas dazu sagen. Es fällt ihm aber absolut nichts ein, was zu Andalusien passen würde. Am liebsten würde er ihr sagen, wie verrückt er ihre Kleidung findet …

In *El Pirri* bleibt er eine ganze Weile in den Gedanken an ihre Kopfbedeckungen und an die Alhambra versunken. So eine Frau passt doch gar nicht zu Andalusien, sie ist modern und verrückt, und die Alhambra ist die Verkörperung des Altandalusischen, der Tradition! Vielleicht aber doch … die Arabesken, die Lust am Schönen, der Schmuck …

Arabische Liebesgedichte, Wasserspiele, Schmerzensgesänge … Liebesnächte, Abschiede … Vielleicht auch ihr träumerischer Blick.

Der Alpdruck ist jedenfalls weg. Das schreckliche Wildschwein, die feuchte Flussau, alles Stickige und Sumpfige und Fremdartige. Er hätte getötet, gefressen, verschlungen werden können, in den Boden gestampft oder vom Fluss weggeschwemmt. In der Ferne verschollen. Die Trockenheit Andalusiens ist besser. Klare Luft, hell, viel Licht, keine Fallen und Gefahren.

Aber etwas fehlt heute! Und etwas ist dazugekommen. Víctor weiß nur nicht genau was. Es ist nichts Konkretes, Greifbares, aber er spürt es.

Zu Hause setzt er sich auf den Boden, vor die beiden Dosen, und versucht, die Thematik vom Vortag wiederzufinden, Nähe und Ferne. Sie ist aber nicht da, sie ist nicht lebendig. Er stellt die Halsbonbondose sogar einmal ganz weg, aber es scheint nichts zu passieren. Es entsteht keinerlei Dynamik. Die *Andaco*-Dose steht geradezu herum, wie beliebig. Keine Nähe, keine Ferne. Gar nichts. Víctor hat überhaupt keinen klaren Gedanken mehr im Kopf Leere! Das Thema ist weg!

Stattdessen ist da – Elenas Barett, ihr runder Mund, ihr verträumter Blick heute morgen. Und irgendwas hat es auch mit seinem Projekt zu tun. Nur was? *Andaco* und *fisherman* stehen rum und warten. Auf ihn? Eine Intervention? Nein, unmöglich! Die Dinge sind immer bereits da. Man muss sie nur finden, darauf kommt es an. Nicht suchen, finden.

Suchen und finden? Sollte hier der Schlüssel liegen zu seinem Dosen-Projekt? Vielleicht hat dies etwas mit der momentanen Beziehungslosigkeit der beiden Dosen zu tun … vielleicht hat er einfach zu viel gesucht, vielleicht ist das Finden ein viel zurückhaltender Prozess, ein Wahrnehmen im Grunde.

Schon die Präsenz der *Andaco*-Dose ist genau genommen bemerkenswert. Sie steht ganz allein da, hingestellt oder hineingeworfen, geworfen auf alle Fälle ... Das Existenzrecht alles Seienden ... ein Sein im Raum ... und in der Nähe des Betrachters ... des im Betrachten Handelnden ... Anwesenheit die vielleicht durch den Akt des Betrachtens entsteht ... und damit Anwesenheit für einen Betrachter. Der realitätschaffende Aneignungsakt des Betrachtens.

Die Dose steht wiederum in einem Suchraum. Und dieser Suchraum ist ein Moment des sich ewig ausdehnenden, sich alle Zeit einverleibenden Universums. Ewiges Suchen ... chaosartig organisiert. Das heißt, Innen und Außen, Ferne und Nähe, Leichtes und Schweres, Ich und Du ... Das binäre Prinzip selbst ... als äußerste Hilflosigkeit menschlicher Wahrnehmung entlarvt! Einer entbehrt den anderen. Vollkommen! Irgendwo steht *fisherman's friend*, einsam, aber umgeben, dadurch weder einsam noch nicht-einsam, eben umgeben, im Sinne von um-geben, oder umdrehen, das heißt immerzu dialektisch … Somit wird das Suchen zum Finden, so wie das Leichte zum Schweren, die Ferne zur Nähe, das Innen zum Außen, das heißt: sich selber umgehend, damit aufhebend – und somit eben seiend!

Bei diesem letzten Gedanken fallen ihm die Augen zu. Die Anstrengung für das Projekt fordert ihren Tribut. Er wird jetzt eine kleine Siesta halten.

Andrés hat die Füße auf dem Boden. Das hat Víctor schon immer bei ihm bewundert. Bei der Arbeit, im Büro: Andrés ist wendig und zuverlässig, er, Víctor, dagegen langsam und unflexibel.

Andrés brät sich ein Steak. Er hat sich die Schürze umgebunden und deckt nebenbei den Tisch. Víctor hat meistens keinen Hunger, wenn Andrés isst, aber er schaut meistens gerade vorbei, wenn Andrés kocht oder isst.

-   Willst du nichts mitessen?

-   Nein, danke, hab' vorhin erst was gegessen.

Andrés kommt mit der vollen Pfanne aus der Küche.

-   Was hast du denn jetzt vor, im Sommer?

-   Bleibe wahrscheinlich im Land. Andalusien.

Er sagt es schon fast lustlos, warum, weiß er auch nicht. Heute morgen noch schien ihm der Gedanke ausgesprochen verlockend.

Andrés verteidigt natürlich den Plan, wie er alles verteidigt, was Víctor tut. Die *Alhambra* sei ein Muss, einfach phantastisch, und mit dem Zug – superbequem! Ein Tag am Meer dabei, auch gut. Kurz, eine runde Sache.

Nach dem Essen zündet sich Andrés eine Zigarette an, streckt die Beine aus, bläst Rauchringe, denen Víctor nachschaut. Er kenne das auch, die Unschlüssigkeit vor dem Sommer, Reisepläne im letzten Moment verwerfen, dann ganz woanders hin, am Schluss fällt die Entscheidung aber wie von selbst.

Es ist nicht die Unschlüssigkeit wegen der Reise, die Víctor heute so verwirrt. Es ist auch das Dosen-Projekt. Er hat das Konzept verloren! Wie unter einer starken Sonneneinstrahlung hat sich das Projekt zunehmend verfärbt und verändert. Und jetzt droht es, völlig zu zerschmelzen.

- Hat Marta schon ihre Sachen abgeholt?

- Einige. Einige sind noch da.

Es scheint ihn nicht sehr zu berühren. Auch dass er weiter in der gemeinsamen Wohnung wohnt, alles voller Gemeinsamkeiten. Andrés ist eben aus härterem Holz geschnitzt ...

Víctor ist unglücklich heute Abend. Morgen ist Samstag ... vielleicht das letzte Mal bei *Entalpía*. Nächste Woche wird er wieder im Büro arbeiten, und dann wird er auch keine Reisepläne mehr verfolgen. Morgen wird er die Fahrt nach

Andalusien buchen müssen. Nächste Woche wird er dann auch Elena nicht mehr sehen.

In der Nacht schläft er schlecht. Atembeschwerden, dann etwas Hunger. Schließlich liegt er still und denkt über sein Projekt nach. Es fehlt einfach die innere Harmonie. Die Liebe.

Der Zug hält in einem kleinen andalusischen Bergdorf. Er steigt aus und geht mit seinem Koffer die gewundene Straße hinab zu dem Haus, das als Hotel ausgewiesen wurde. Es steht etwas abseits und sieht gar nicht aus wie ein Hotel. Ein schönes, weiß gekalktes, typisches Landhaus. Die Sonne steht hoch, es ist vor Hitze kaum auszuhalten. Der Schweiß strömt ihm aus allen Poren, und die Hitze legt sich bald wie ein Rotfilter auf seine Augen.

Die Landschaft ringsum ist wunderschön. Weintrauben überall, Hügel, Serpetinenstraßen. Aber keine Menschenseele weit und breit. Er fühlt sich unbehaglich, hier ist kein Leben! Alles ist traumhaft schön, aber tot, ausgestorben.

Eine tiefe Depression ergreift ihn. Er geht langsamer, hält dann vollends an und schaut auf das Haus *Hotel*, das im Übrigen noch genauso weit weg ist wie am Anfang. Kraft- und mutlos setzt er sich auf die Böschung am Wegrand und weint leise vor sich hin. Er fühlt sich unendlich einsam, möchte nach Hause.

Als er aufwacht, ist es schon hell. Er kleidet sich an, duscht lange und macht sich ein Frühstück. Dann schaltet er das Radio ein und hört die Nachrichten. Was für ein Glück, dass er zu Hause ist, dass er wirklich ein Zuhause hat, sein kleines Reich, sein Eigen. Hier ist er geborgen. Hier gibt es keine Abschiede.

Die sechste Reise

Um zehn ist er im *Entalpía*. Elena scheint schon auf ihn zu warten. Sie trägt wieder das Haar glattgescheitelt wie am ersten Tag, einen kurzen Rock, roten Pullover und wenig Schminke. Sie trägt auch wieder das schwarze Käppchen vom Montag.

- Haben Sie was für die nähere Umgebung von Madrid? Ein Tagesausflug, zum Beispiel nach Toledo …

- Aber dafür brauchen Sie doch jetzt noch nicht zu buchen. Das können Sie im Sommer noch machen, kurzfristig.

Sie schaut ihn fast mitleidig lächelnd an. Wahrscheinlich hält sie ihn für total verrückt.

- Aber Sie könnten mir einen Prospekt mitgeben.

Sie wird ihn für einen Prospektesammler halten!

Sie steht auf und geht zum Prospekte-Schrank. Víctor sieht ihre Beine, dann nimmt er ihren Po wahr, dann sieht er wieder ihre unendlich langen Beine, und während sie die Prospekte durchsieht, ergreift seine Hand ihren Kugelschreiber und schreibt etwas auf ihren Notizblock.

Um Himmels Willen, was hat er getan … Aber jetzt ist es passiert, und sie kommt auch schon zurück.

Lächelnd reicht sie ihm den Prospekt, und damit kann er dann ja wohl nach Hause gehen. Sein Herz pocht bis in die Ohren.

- Ich habe mir da einen Scherz erlaubt. Bitte nehmen Sie es mir nicht übel.

Die siebte Reise

Sie liest Víctors Worte auf dem Notizblock, verlegen, nun ebenfalls hochrot. Nach einem Moment Schweigen – Víctor weiß, es wartet Kundschaft – lächelt er sie an.

- Vielleicht könnten wir, wenn Sie Feierabend haben, ja noch 'nen Kaffee zusammen trinken.

Das war sicher zu plump. Er sieht, in welch äußerste Verlegenheit er sie gebracht hat. Sie wird ihm jetzt irgendeine Standardausrede sagen und …

- *Bueno*, einen Moment hätte ich da schon Zeit. Um ein Uhr dann, ja?

Víctor geht in den *Parque del Oeste* hinunter. Er kann jetzt bloß noch umherlaufen, das Herz pocht wie verrückt, und irgendwelche klaren Gedanken sind nicht zu fassen. Was soll er denn überhaupt mit ihr reden? Wo er doch überhaupt fast mit niemandem redet. Was hatte er denn damals bloß mit

Claudia geredet? Weiß er nicht mehr, ist so weit weg … und doch so nah. Er glaubte, mit diesem Thema abgeschlossen zu haben.

Jedenfalls ist das weit weg, was sie sich damals gesagt hatten, vorbei! Dieselben Dinge … so'n Quatsch! Erstens war das schon damals alles Unsinn, und zweitens sind seitdem zehn Jahre vergangen.

Aber Tatsache ist, dass er einen Schritt auf Elena zu gemacht hat und dass sie ihn interessiert. Oder vielleicht nicht … Vielleicht bildet er sich das bloß ein, weil er eben doch manchmal einsam ist. Da sollte er eigentlich drüberstehen!

Als sie aus der Tür heraustritt, wirkt sie blass und müde, überspielt es aber.

- Also, wohin gehen wir?

El Pirri. Zwei *café con leche* oder lieber Bier? Nein, Coca-Cola.

- Sie dürfen das nicht ernst nehmen, vorhin, mit dem Notizblock. Es passierte wirklich unwillkürlich.

- Sie sehen ja nicht gerade wie ein Don Juan aus! Ich heiße übrigens Elena.

- Hab ich schon mitgekriegt.

- Was ist eigentlich los, dass Sie jeden Tag eine andere Idee bekommen. So einen Kunden hatte ich noch nie.

Oh, Gott ... beschämend, seine Unentschlossenheit.

- Eigentlich … entwickelte sich das so. Ich arbeite da an einem Projekt, eine Sache mit Kunst … und jedes Mal entdecke ich neue Zweifel an meinen eigenen Vorstellungen. Wie soll ich Ihnen das erklären … Ich war mir einfach nicht mehr sicher. Das heißt, ich habe das jedes Mal wieder in einem anderen Licht gesehen.

- Und in welchem Licht sehen Sie es jetzt?

- Im Moment bin ich an einem toten Punkt. Ich glaube, ich brauche eine Pause. Ich habe ein wenig das Konzept verloren.

- Welches Konzept hatten Sie denn?

- Ach, das ist sehr schwierig zu erklären. Am besten … Hätten Sie keine Lust, mal mit mir zu kommen, dann könnte ich es Ihnen zeigen. Heute Nachmittag?

- Heute Nachmittag …? *Bueno* … Ich könnte Daniel mitbringen. Würde Sie das stören? Daniel ist mein Sohn. Er ist fünf.

Es stört ihn nicht. Oder doch? Er tut mal so, als störe es ihn nicht, und sie verabreden sich um sechs in seiner Wohnung. Ein Kind? Von fünf Jahren … Und der Vater? Sie sieht so jung aus … Welch ein Schlamassel! Frau mit Kind, kommt in seine Wohnung … Hat doch überhaupt kein Interesse an Kunst … Blödsinniger Einfall, das Ganze. Das hat er jetzt davon. Na ja, wird er auch noch durchstehen. Glimpflich hinter sich bringen, ein bisschen plaudern, dann die beiden verabschieden und Schluss.

Um sechs spielt Daniel mit *Andaco* und *fisherman's friend*. Auch vor Víctors Ziegenbart hat er keinen Respekt, denn immer wieder zieht er daran und fordert Víctor auf, mit ihm weiterzuspielen. Sie inszenieren das Stück vom *fisherman* und seiner Frau, welche in die Hände des Sultans fällt und schließlich unter der Bedingung freigelassen wird, dass der *fisherman* eine Tasse türkischen Kaffee probiert. Er findet ihn ausgezeichnet, woraufhin der Sultan beschließt, englischen Tee zu probieren. Auch ihm schmeckt das Getränk des anderen, beide werden Freunde und versprechen sich, einander jedes Jahr zu Neujahr ein großes Paket Tee beziehungsweise Kaffee zu schicken.

Elena ist Zuschauerin, aber für einen Moment geht sie hinaus, und als das Theaterstück zu Ende ist, steht auch der Tee bereit, und für Dani gibt es Kindertee. Langsam wird es dunkel, aber Dani spielt mit Víctor noch die ganze *Reconquista* durch, die christlichen Ritter, samt Burgenbau, Burgeneroberung und den wildesten Feldschlachten der spanischen Geschichte. Um zehn liegt Dani auf dem Sofa und schläft.

- Ist dir das Kind nicht zuviel? Heute ist er wirklich aufgedreht! Er nutzt es aus, dass mal wieder ein Mann mit ihm spielt.

- Wo ist denn sein Vater?

- Der sieht ihn einmal die Woche. Als ich Fernando kennenlernte, war ich neunzehn. Ein Jahr später kam Dani auf die Welt. Ich wollte nicht abtreiben lassen, obwohl ich schon damals wusste, dass Fernando und ich nicht zusammenpassen.

- Warum passt ihr denn nicht zusammen?

- Eigentlich wegen allem. Ich glaube, zwei gegensätzlichere Menschen als Fernando und mich gibt es nicht auf der Welt. Wir beide studierten Kunst (sie blickt schelmisch, aus den Augenwinkeln), er war dreizehn Jahre älter als ich, und ich verliebte mich Hals über Kopf ihn. Aber ich bereue nichts.

- Bist du nicht manchmal auch unglücklich?

- Unglücklich, was heißt das schon! Ja, natürlich, jeder hat mal ein Tief. Aber dann liegt der Kleine da, nachts, und ich weiß, dass alles seinen Sinn hat. Das sind wohl Instinkte. Seitdem ich mich an denen orientiere, bin ich glücklich.

Ich hatte immer klare Vorstellungen und dachte, ich wusste, was ich wollte. In Wirklichkeit wusste ich gar nichts vom Leben, bevor ich Dani bekam. Heute weiß ich, was ich tue und warum ich es tue. Da ist Dani, und ich weiß, dass er mich braucht. Er braucht mich, jeden Tag, jede Stunde, jede Minute, und ich bin glücklich.

Und du? Was ist mir dir?

- Vor zehn Jahren hatte ich mal eine Freundin ... Na ja, sie verliebte sich in einen anderen oder sowas. Jedenfalls zog sie aus, und dann hab ich nichts mehr von ihr gehört.

- Und du bist nicht einsam?

- Manchmal schon ein wenig. Aber ich glaube, es hat so kommen müssen. Jedenfalls habe ich es bisher nicht ändern wollen. Und wirklich einsam bin ich nicht ... Sieh mal meine Arbeit hier ... Das ist wie ein Gespräch mit Gott.

Sein Fuß spielt mit *fisherman's friend*. Die Dose gleitet über den Teppichboden und landet vor Elenas Fuß. Dieser schiebt sie vorsichtig zur *Andaco*-Dose, bis sich beide Dosen sanft berühren. Sie schaut Víctor nicht an, während sich ihre Hand auf seine Hand legt.